KB041874

천년의 시 0095

그때의 시간이 지금도 흘러간다

천년의시 0095

그때의 시간이 지금도 흘러간다

1판 1쇄 펴낸날 2019년 2월 25일
지은이 김혜련
펴낸이 이재무
책임편집 박은정
편집디자인 민성돈, 장덕진
펴낸곳 (주)천년의시작
등록번호 제301-2012-033호
등록일자 2006년 1월 10일
주소 (03132) 서울시 종로구 삼일대로32길 36 운현신화타워 502호
전화 02-723-8668
팩스 02-723-8630
홈페이지 www.poempoem.com
이메일 poemsijak@hanmail.net

김혜련ⓒ, 2019, printed in Seoul, Korea

ISBN 978-89-6021-417-0
        978-89-6021-105-6 04810(세트)

값 9,000원

그때의 시간이 지금도 흘러간다

김혜련 시집

천년의시작

시인의 말

내가 시를 힘들게 했는지 시가 나를
힘들게 했는지 지금은 그것조차 아득하다

단지 내가 말할 수 있는 것은
그동안 시와 함께 걸어왔다는 사실뿐
나는 읽고 생각하고 또 쓰기만 했다

처음에는, 여기까지 이르리라고는 예상하지 못했다
그러나 첫 시집을 엮는 지금
자신 있게 내세울 작품은 별로 없다

그러나 시 쓰기는 내게 절망이고 희망이고 구원

이제 이만큼 걸어 들어왔으니
쉽게 나갈 수도 접을 수도 없게 되었다

이제 내가 드릴 수 있는 말은
앞으로도 시와 함께 걸어가리라는 다짐일 뿐

김혜련

차 례

시인의 말

제1부 우리도 흘러간다

제1부 우리도 흘러간다

강물

우리가
깊고 아득한 강물이었을 때
어느 산천에 더 오래 머물렀으면 좋았을 텐데

유유낙낙한 물줄기가 아니라
위로 뻗어 솟구치거나
옆으로 퍼져 흔들렸어도

깊어가는 이 가을 자락에
헛헛한 몸부림으로
사방에 부대끼지 않았을 것을

그냥 저 멀리서 기다리며
우리 강물로 유유히 흐르면 좋았을 것을

조용히 흐르는 물에
그대와 나의 시간을 던져 넣는다

사랑의 복수

청소년 상담을 한 적이 있다
파릇파릇한 아이들이 쉽게
그냥 팍 죽어버리고 싶다고 한다

성적 때문에…… 아니다
학교생활 때문에…… 아니다
가정환경 때문에…… 아니다

이성 문제다
정신이 다 빠져나가게 좋아했었는데……
참지 못하고 흐느낀다

나는 묻는다 네가 죽는다고 하면
그가 마음을 바꿀까
네가 정말 죽어버리면 그가
일생을 혼자 살며 매일 무릎 꿇고
죽은 너를 위해 기도해 줄까

대답 대신 또 내게 묻는다
그럼 어찌해야 그가 돌아올까요

나도 마음에 힘을 주며 나지막이 대답한다
변심 배심은 습관의 절친
이제부터 네가 더 잘되어서
후회의 한숨을 짓게 하는 것만이
통쾌한 복수일 뿐

그래 그것만이
사랑의 복수이지

비 오는 기차역

비는 또 내린다

상하행선 기차역
이제 우리는 또 어긋나고 틀어져
아득하게 멀어져야만 하는구나

눈으로 머리로 기억 속으로
수많은 우리의 기억은
아프게 파고드는데

비에 젖은 열차의 굉음
쓸쓸한 이별에는
따뜻한 인사 한마디만이 간절했었다

문득 창밖을 보면 늘
이런 날이 우리를 위해
울고 싶었던 것처럼
마음이 더 울컥해지고
시간은 점점 더 멀어지고만 있다

후회

눈 쌓인 길을 바라본다

지금이 만일 그때였다면
발자국 흔적이 있는 쪽이 아니라
아무도 가지 않은
저쪽 길을 선택했을 것이다

발목까지 눈이 덮인 내리막을 걸어오며
나는 생각했었다

누군가가 이렇게 밟아주어야
두 길이 비슷해질 거라고

그러므로
이 길이 진정 그대가 갈 길이었다면
막다른 길 벼랑 위에라도 이처럼
그대의 흔적을 남겨 두었으면 좋지 않았을까
되돌릴 수 없는 것에 대한
후회가 발자국마다 아로새겨진다

오후 7시 반

애절한 듯 애처로운 듯
마음 끓여 다독이길 거듭하며 가슴을 적신다
백일홍 빛으로 무대의 객석은 물들고
평안을 찾는 나의 바람은
빈 메아리로 돌아올 뿐

오후 7시 반
오늘따라 애잔한 향으로
풀려 가는 코코아 맛이 씁쓸하다

뜨겁거나 식어있거나
나뭇잎을 그린 생크림 티라미수
그 밑에서 부글거리는 열기는
겉에서 안으로 안에서 또 겉으로 퍼지고

세상을 다 덮어 내리듯 눈 감고
그대를 그리며 마시는
오후 7시 반의 핫초코 한 잔

폭설

간밤 마음 놓고 쌓인 함박눈 송이가
세상의 하얀 도화지에 가득하여서
내 마음에는 또 그대가 가득 들어찬다

백옥 피부에 이목구비 그리며
눈보라에 실려오는 그리움과 탄식

눈빛은 눈빛일 뿐이고
그림은 그림일 뿐

기상주의보는 대설주의보로 바뀌고
대설경보는 가루눈으로 변하고 또 바뀌는데
그 위로 그대의 입김처럼 덮이는 눈

오늘 아침의 눈길에는
그대의 발자국만이
내 마음속에 꾹 눌려 쌓인다

그때의 시간이 지금도 흘러간다

힘겹게 돌아서면서 나는
우리의 인연은 여기서 끝이라고 믿었다

우리가 함께 지낸 모든 추억들이
다 난로처럼
따뜻한 것만은 아니었겠지
어쩌면 좋았던 순간보다
더 많은 그늘이
우리를 슬픔과 고통의 구덩이에 함께
파묻어 버렸을지도 몰라
이렇게 시간이 흐르면
나머지 기억들조차 마른 나뭇가지처럼
부러져 사라질지도 모르지

그러나, 그러나
떠나갔다고 사라졌다고
그냥 다 잊히는 것은 아니더라
헤어졌다고 마음속까지
지워져 버리는 것도 아니더라
이제부터 나만의 삶을

살아보겠다는 굳은 결심도
세상의 풍파를 견뎌낼 만큼 강하기도 어려웠지

그때의 시간은 이렇게
지금도 내 안에서 흐르고 있는데
때로는 모질게 휘감아서
나를 비틀거리게 하는데

그래 원망하지는 않겠다

나는 다만 추억 속의
그대를 찾아 헤매이고 있을 뿐

우리도 흘러간다

겨울 강물의 저편에서
살 에이듯 시린 서러움도
보이는 것도 보이지 않는 것도
이제는 누구에게도 기대지 않으리

피어오르는 안개를 바라보며
회색빛 물비린내의
내음을 맡으며
배신의 분노를 부르듯
강물은 흐른다

잘 가라 그대여
그대와의 시간이여
강물 맨 밑바닥에 이제 그대를 풀어놓는다

움직이는 것 같지 않은 흐름 속에
이야기를 묻으며
어제를 딛고
강물이 흐르듯이 우리도 그렇게

안개

그 가을 강가에서
안개 속에 마음을 실어 보낸다
그리움이 슬몃슬몃 젖어들 때

기약 없는 사람
그 기다림은 가없이 뻗어간다

가을 안개의 비밀
만남도 기다림도 약속도
오고 또 오고
가고 또 가고

안개의 그윽한 흔들림
안개의 은밀한 손짓
안개의 다디단 뒤엉킴

아쉬움이 저만치 자리 잡으면
안개는 어느새 사라지고 없다
그대와 나의 허무처럼

절대 고독

한 꺼풀씩 차례로 부서져
삐걱거리는 온몸
이제는 손댈 것도 감출 것도 없다

옷자락 따라 달리는 바람은
넘실거리는 빛에 발이 묶여
영어圖圖나 다름없어도

가을 들녘에서
모든 기억들을 다 지우며

새소리 바람 소리도
쑥덕거리는 소리도
오가는 느낌에 흔들리지 말아야지
또 다짐하건만

나는 지금
혈혈단신 홀로
세상 바람과 맞선다

너의 뒷모습

그렇게 기약 없이 떠날 거면
뒷모습도 감추고 보이지 마라

시간만이 흐르는 카페에서
정처 없이 오래 떠돌아다니는
이율배반 표류선

돌아설 때마다 너는 당당하고 반듯했지만
나는 늘 헛헛했다

기다리는 말과
들려오는 말은 언제나 달랐다
내 안에서 점점 작아져 가는 네 모습이
안타깝기만 했을 뿐

그대여 그렇게 다시 떠나려면
뒷모습도
그림자도 보이지 마라

제2부 그대와 나

그림자

가을 해그림자는 늘 빈 들판을 찾아다니며
익어가는 계절을 추스리는 듯 분주하다

빛이 조금씩 풀어지면서
계절의 만반진수滿盤珍羞도
날마다 더욱 가득

희미한 그림자에
길쭉스름 살며시 얹힌 풍경도
이런 날에는 더 정답다

그 둘레를 바라보다가
만추에 발을 디뎌

침묵 속에서 그림자가 되고
그림자 속에서 운명의 실마리가 되어
이렇듯 눈 시리게
그대인가 뒤돌아본다

구조 신호

단 한 번도 본 일 없음에도
어디선가 만난 듯싶은
기시감旣視感

깨졌거나 금이 가버렸거나
기억나는 것 같은 몸짓
그래서 절망에 이르고야 마는 우울인가

마음 깊은 데서 갸우뚱거리며 헤어나기 힘든
구렁으로, 그 속에
갇혀있는 것 차마 볼 수 없어

늘 달아났다가 다시 되돌아오는
마음의 쳇바퀴
그럼에도 가슴 깊은 곳에서 나는
그대로부터 탈출할 수 없는 것인가

나는 그대를 향해
지금도 무언의 구조 신호를 보내고 있다

불화덕

마음에 마지막 불길이 지펴지는 것도
저 혼자 정신없이 타오르는 것도
나만 모른 채 세월이 지나갔다

꽃으로 태어나
맥없이 꺾여
혼자 한숨짓다가

정말 그것이
뜨거운 꽃그늘처럼
그렇게 만났다 달궈져
온몸이 불화덕처럼 달아오르는 그리움이었을까

별빛을 헤아리는 만큼 더 높이 올라가면
그때야 비로소 그대가 보일까

꽃과 잎이 서로 만나지 못하는
상사화의 그리움

유실

이제는 잊혀 가는 사람이여
다시 그대에게 나는 묻는다

세월 가는 대로 그대에게 기울어
아무 미움도 머금지 않았음은
순간이든 영원이든
우리가 함께 묻어 들었기 때문인데

발끝에서 흩어지는 낙엽에도
저녁답의 푸른 연기에도
우리 사연은 또한 스며있는 것인데

이제
그대에게 보여 줄 수 있는 것은
다만 쓸쓸히 잊혀 가는 일뿐인가

이제는 작아지고 잊히는 그대를
나는 세월의 강 물결에
지금 떠나보내고 있다.

눈 녹듯

이제 내가 눈처럼 녹아
그대 안에서 다시 물이 된다면
다시 차게 굳어 얼음이 된다면
그것은
내 심장의 멍 때문이리

이제는…… 잊는다고 마음 굳히다가
또 그리움으로 살아난다면
그것은 세우細雨가 아니라
소낙비처럼 씻어낼 미련이 있기 때문이리

봄여름 가을을 겪어낸 내 사랑은
겨울 찬바람에 떨며 봄을 기다리고 있으니

곡선의 사랑

햇살에 실려
조용히 움터 나는 계절

대자연은 추위 속에서도
부드럽게 휘어지며
새순의 사랑을 틔운다

다사로운 봄의 멜로디
직선으로 잴 수 없는 곡선의 신비
겹겹이 껍질을 벗기고
또 벗기듯 자세히 봄을 들여다보며

속살보다 더 부드러운 힘이
직선을 이기고 있음을 발견한다
곡선의 사랑

그대와 나

그대는 언제나 그곳에
그리고 나는 여기에

새 한 마리 날아와
소식을 전한다 해도

우리가 닿지 않는 간격만큼
풀릴 길 없는 오해와 그 가시들

기쁨도 슬픔이 되며 슬픔도 기쁨이 되는
고통의 아름다움들

불편한 거리를 유지해도
우리의
마음은 조금씩 다가가고 있다

사랑의 소멸

그래 맞아
헤어지고 잊히는 것보다
더 애달픈 것도 없지

미련은 사랑의 후렴인가
마음은 더 가까이 곁으로 다가가는데

문득 생각나지도 않는
이제는 더 멀어지고 있는
떠올려도 기억되지 않는 이름은
이미 초기화돼 버린 사랑

침묵의 골짜기에 묻혀 있는 전화번호의
지워진 추억과도 같은 것

복원될 수 없는
절대 풀릴 수 없는 비밀번호 같은
초기화 그 사랑의 소멸
그래 맞아
헤어지고 잊히는 것보다
더 애달픈 것도 없지

풍류 놀이

'아니리'와 '발림'에서 움트는
우리 소리 화조풍월

풍치 있고 멋스럽게 굴리다가
한의 덩어리가
고수의 신명으로 마무리되듯

폭포수처럼 떨어져 바닥에 던져지면
비로소 드러내는 진동의 울림

두려움의 시작이
물과 얽혀 떨어지면
그대로 끝

바닥이 보이는 포석정의 유상곡수流觴曲水*
그대와 나의 사연이 담긴
그 흐르는 물속에 바로 답이 있다

---

* 유상곡수流觴曲水: 삼월 삼짇날, 굽이도는 물에 잔을 띄워 그 잔이 자
  기 앞에 오기 전에 시詩를 짓던 놀이.

마음의 온도

발자국 소리 더 작게 숨죽여도
허공 어디론가
풀씨 되어 날아갈 것만 같다

징검다리 솟아올라 물에 묻히면
헛디디지 않으려고 내딛는 순간에
문득 다가드는 두려움처럼

중심을 잃지 않기 위해
수직으로 서있는
천변 백로의 외발인 듯한

그대의 숨결은
보아도 보이지 않는
그 틈에 숨어있고
나는 그곳을 찾아 나선다

금슬

할미 할배의 금슬
그 사연이 물속에 잠겨있다

바닷물이 들어오면 섬이 되고
물이 빠지면 육지가 되는
열린 바닷가 모래밭
안면도 꽃지 할미 할아비 바위에

일필휘지로 새겨지는 그 메시지
모음과 자음이 저절로 어우러지는 소리

허전한 소라 껍데기보다 경이롭게
파도의 그림 같은 거품 되어
우리는 아득한 수평선을 바라보고
바위는 영원한 금슬 선을 새겨놓는다

이렇게

이제야 알겠다
봄이 이파리보다 먼저 꽃을 피우는 이유를

꽃잎과 수술
너무 작아 눈에 띄기도 전
참새 떼가 날아와 우글거리고

다닥다닥 좁혀 앉은 진주알처럼
우수수 쏟아져 내릴 것 같은 저 소리

아주 작은 과일도
이처럼 한 걸음씩 야물게 여물어가는 것

계절은 꽃보다
이파리를 나중에 피우며
너를 향해 흘러가고 있다

호수

물에 반쯤 잠긴 버드나무를
수채화 한 폭으로 만들어가는
호수의 정적

그 물결 위에서
새들은 지저귀며 그림 속으로 넘나든다

호수 그 비밀의 공명共鳴
햇살은 체로 걸러 건더기를 받쳐낸
사연을 보여 주고 있지만

호수는 쉽게
본심을 드러내지 않는다

청춘이나 황혼이나 누구나
나의 이야기로부터 시작되는 것
그대와 나
그 비밀은 남모르게 아래로 아래로 흐르고 있다

그대가 부르면

청화青華빛 푸른 물감 풀리고 풀려
바라춤 출 때 뿌리던 빛으로
봄은 이제 그렇게 가려는가
그대가 부르면

결 따라 만발한 뒷이야기 쌓일수록
북소리에 묻혀 갈 울림이 필요하지
여름은 그렇게 가려는가
그대가 부르면

쏟아낸 가랑잎을 보듬는 눈빛
바람에 터지는 물감인 듯 쓸쓸하다
가을은 그렇게 가려는가
그대가 부르면

창밖의 풍경을 스치며 계절을 바꾸는
저 빗소리 바람에 쓸리는 나뭇가지처럼
겨울은 그렇게 가버리겠지
그대가 부르지 않아도

제3부 우리를 위해

구속

이것은 진정 이 시대의 기적인가
누구나 모니터에 눈을 붙이고 사는 하루
소통과 불통은 겹쳐지고

무념무상 진공상태
시간은 더욱 빨리 흘러

컴퓨터에도, USB에도, 핸드폰에도,
그 어디에나 다 묻어둔
사연들이

과거가 돼 달아나지 않도록
저 미래 속에 모든 걸 저장하며

모두들 불통의 노예가 되어있다

소통

보이는 것들은 모두
눈앞에 정지되어 있는 것이다
아직 그대로인 것은
곧 바뀌어질 것들이고

보이거나 달라지지 않았거나 바뀌었거나
이 편한 세상은
소통이 힘임을 강조하고 있지만

그러나 거기에도
유효기간이 있다

불통인 채로 유효기간이 지나면
폐기처분의 쓸쓸함 뿐
그래서 우리는 끊임없이 소통을 갈구한다

폰

폰을 켠다
조금이라도 더 빨리 접속되면
그만큼 세상은 가까워지겠지

전화를 건다
메시지를 확인한다
동영상도 불러내면
저절로 함께 사라지는 배터리

이 틀 안에서
지금껏 살아온
내 세상이 갑자기 사라질까 두렵다

큐브

어긋난 정육면체 공간을
관절처럼 맞춰가며
무심히 돌려본다

반듯하게 잘리며 비껴서는
면과 면은

온갖 심술기 겹쳐 넣은 듯
다른 색 모서리에 뿔로 빨려 들고

다시 한 번 돌리고 또 돌리면
맞춰진 면은 한 면뿐
더 이상 늘어나지 않는다
풀리지 않는
다른 세상이 그 안에 숨어있다

가리개

언제나 가려진 채로 세상을 본다
넓혔다 좁혔다 세상을 조망한다

넓지도 않고 좁지도 않은
높지도 않고 낮지도 않은

인간이 만든 칸 사이를
타인의 눈을 닫아놓은 틀 속을
다 가렸어도 가리개는 저쪽을 알고 있는데

모이면 섞이고 섞이면 변하는 색깔
사람과 사람과의 관계처럼
가리개는 그 너머를 다 바라보고 있다

회전문

열지 않아도 닫지 않아도
문은 저절로 돌아간다

지금껏 그대 앞에 있던 순간보다
유리창 너머 보이는 것을 더욱더
흐리게 하는 유리문

문은
열기 위한 것인가
닫기 위한 것인가

천국으로 가거나 지옥으로 가거나
무언지 모를 생각을 품은 사람들을 싣고
자동문은 무표정인 채
소리 없이 물음표로 돌아가고 있다

저울

재려는 사람의 간절함을
눈금은 냉정한 숫자로 보여 준다

바늘의 흔들림
장마 그치고 마침내 빨간 꽃을 피우듯

저울은 가만히
눈금이 더 잘 보이도록
양팔을 벌린다

무거워지거나
가벼워지거나

균형을 잡아주는 것은 저울의 파란波瀾
추는 흔들리다가 마침내 중심을 잡는다

사람은 저울로 무게를 재지만
저울은 인간의 마음속까지도 측정한다

매미

한여름 숲속에서 울어대던
그 많은 매미 울음이
나뭇잎들을 다 데워주었다

짝이 엮었다면
훨씬 더 많이 사랑할 수 있었을 것을
허공에 그토록 많은 울음을 뿌리고 나서야
마침내 비원은 이루어졌던 것

이제 얼마 안 남은 합일의 시간
내일을 생각하기에는
이 찰나가 너무도 애틋한
매미의 일생이다

미혼모

반듯한 것과 아닌 것은
어디서부터 다른가

첫 눈을 뜨자마자 아기는
허무의 강보襁褓 안에 놓인다

숨겨진 채 생명을 돌보는
안타까운 눈길
천사의 새 생명은 방긋거리며
눈총과 은총을 넘나들지만

돌이킬 수 없는 기억은
차가운 현실의 장벽에 짓눌려
그 절망을 날마다 이웃해도

어린 엄마는
기적만을 꿈꾸며
새 생명의 눈을 들여다보고 있다

모자이크

조심조심 맞추어도
조각은 조금씩 어긋난다

유리창으로 파고드는 빗금
따가운 햇살을 쳐다보며

저 빛들도 만나서 하나가 되는데
왜 우리는 다른 곳만을 바라보고 있나

커피를 마시며
얘기를 나누어도

언제나 안에서 흠집이 생기듯
간절한 눈빛으로 잡았다가 놓았다가
번민하는 순간

모자이크 그 언저리로
불협화음이 졸음처럼
느릿느릿 마음속으로 스며들고 있다

낙엽 노년

오늘도 현관문을 나서지만
그대가 갈 곳은 아무 데도 없다
햇살이 따갑지도 않은데 눈물만 난다

은결든 마음,
숨결을 흔드는 할미꽃의 대궁도

허공 속을 바라보며
변신을 다짐하건만 이제
할 수 있는 일이 없어
마음은 늙지 않았는데도
노년은 허전할 뿐

단풍잎 떨어져 낙엽이 되듯이
아무 일도 하지 못하는
이 가랑잎 같은 노년이
견뎌내기 힘든 것이다

원과 원

원은 끝이 없으므로
영원한 긍정이다

버릴 건 모두 다 버렸다
잊을 건 모두 다 잊었다

해 질 녘 광장에
긴 그림자를 드리우며
가까운 곳도 일부러 돌아가면서
서로를 응시한다

돌고 돌다 구르고 구르다 그러다가
마침내 다시 만날 준비를 하고 있듯이

원은 끝이 없으므로
영원한 긍정이다

콩나물

콩나물시루는
늘 검은 보자기에 덮여 있다

콩은 시루 안에서
음표처럼 갓 태어나
쑥쑥 자란다

뼈대는 연약해도
묵묵히 물을 맞으며
하루하루 튼실해진다

사분음표 파문 아래
허공을 빗질하듯
물소리에 맞춰
음표 꼭지를 흔들며 위로 위로 자라고 있다
그대 그리움처럼

청둥오리

깃털 흔들어 물방울 털어낸다

수면에 꽂히는 햇살 사이로 물속을
헤치고 헤집으며 앞으로 앞으로 나아간다

잔잔했던 호수는
그 물갈퀴 따라 갈라지는데
물결이 저녁 어스름에 젖어
풍경도 주저앉고 있다

청둥오리
그 날갯짓 따라
주변이 흔들리며 모두 그림이 되어간다

갈대밭에서

신성리 갈대밭
비단결 금강을 바라본다

이리저리 바람에 부딪히며
흔들리는 물결 따라

바다와 강물이 만나는 어디쯤
흐르지 않을 듯 흐르는 저 소리

바람이 부는 대로 하늘거리며
뚜렷해지는 들녘의 실금 좇아

석양 어스름의 유혹은 애잔한 통증
생의 발자취는 아무것도 남겨놓지 않는다

풀 냄새 넘실거리는
억새밭 오솔길을 걷는 이 오후

노을

가을 해가 지면서, 그 노을 속에
단풍도 짙어진다

노을에 추억을 새기며
노을 사이 꽃 보라
노을 사이 장독대
그 노을 사이 엄마의 모습
노을이 내려앉은 바닷가에서

붉은 단풍잎 하나에 사랑 한 줌
멀리 떠나왔어도 언제나
더 가깝게 느껴지는 건 어린 시절의 기억뿐

이 가을이 가고
나의 노을에도 겨울 흰 눈이 내리면
내 유년幼年도 소복하게 덮여 가리라

이내*

'월미공원의 나무'
여덟 번째 이야기에
두 나무의 가지가 맞닿아 결이 서로 통한 연리지
연리지 사랑이다

그 사랑의 나무에
주렁주렁 걸린 초록 리본의 메시지도

그 빨강 하트 등받이에
떨어져서는 앉을 수 없는 의자도

그 험난한 공원 자락에
털어놓는 연인들의 속삭임도

사랑이란
눈이 먼 사람에게만 보이는
푸르스름하고 흐릿한 기운들
어느 순간
사라지는 이내와 같아서……

* 이내: 해 질 무렵 멀리 보이는 푸르스름하고 흐릿한 기운. 남기嵐氣.

그물

거미줄을 스치는 바람이
그물을 흔들고 있다

부챗살 같은 틈을 헤집으면서
날렵하게 빠져나가는 바람

그걸 바라보는 나무의 이파리도
저 먼 곳에서 당도한 햇살도

거미줄에 맺힌 이슬방울처럼
조용히 침묵하고 있을 뿐

소자연이건 대자연이건 초자연이건
모든 자연은 참으로 깊디깊은 그물망이다

나무의 비명

우수 경칩
연륜은 나이테의 별이다

지리산 골짜기에서는
허리 뚫린 고로쇠나무가
시련을 견디고 있다

귀 기울여 보면
피눈물로 맺힌 아픔

하소연
눈물방울
신음 소리

차오르던 수액이
고통 속에서 밖으로 내어 뿜는 소리

나무는
인간들에게 나무는 피를 뽑히면서
애원의 비명을 지른다

흰목물떼새

찬바람에 젖어 든 이끼가
가장자리에만 남아있다

인적이 떠나간 강가
고요한 한 폭의 수채화
흰목물떼새가 종종거린다

물과 흙의 경계를 종종거리면서
먹이를 찾아 나선 촉수

수채화 물속을 부리로 휘저으며
흰목물떼새는
계절의 길목을 지킨다

위로

해가 가라앉을 때까지
먼 산을 바라보며 마음을 주저앉힌다

추억은 안개와 같은 것
기억을 들추는 사람도
그 기억 속에서 헤엄치는 사람도
이제는 조용히 평안을 누려야 한다

세월에 떠밀려 가는 인생길에서
베고니아 꽃잎처럼 눈물겹게 만발하여
사방을 살펴보고 또 보고

해가 지기 전까지 늦도록
먼 하늘을 바라보며 다독거린다

우리를 위해

내 마음은 너보다 낮은 곳에 있는데
지금 너는 어디에
네 마음이 나보다 높은 곳에 있다면
지금 나는 어디에

높은 곳에서 훌쩍 뛰어내리듯
새삼스럽게 너를 그려본다
출발점으로 되돌아가
다시 시작할 수 있다면

너를 다시 받아들이며
가슴 여는 일
뜨거운 화해가 이어지기는 할까

그래 이제는 좋다
내가 너에게 소홀했던 것
네가 나에게 잘못했던 것
너를 위해 나에게
나를 위해 너에게

마음을 열고
다 받아들일 수만 있다면

제4부 사과가 필요한 시간

능소화

가냘픈 새순 한 뼘만큼 자라
머리칼 흘려 빗는 넝쿨손

앉으나 서나
의지할 곳이면 어디든지
더듬어 뿌리 내리는 길

여름 내내 능소화 피는 소리
그렇게 주황 종소리 멀리 울려 퍼지는데

새겨놓는
마음에는 그리움
눈빛에는 안타까움

뚝
한 송이 떨어지면 또 한 송이
뚝
떨어져

땅바닥 모두 주황 카펫 되어
마지막 꽃송이 길을 엮어내고 있다

화분花粉

누가 만들어낸 인연일까

암술 수술
이들의 만남보다
더 신비로운 것

지상의 모든 꽃들이 뿜어주는
감탄 기립 박수의 언어

이슬이 내리기 전
그리고 이슬이 마른 후
햇살 끝에 온기가 맺히면
꽃가루들은 몸을 흔들며 인연을 만들고
새로운 삶을 찾아 나선다

부추

진초록으로 자라
그 이파리가 너울거리며 물결친다
그래서
삼복더위 부추는 더 뜨겁다

맥문동보다 낮게 아니면 높게
땀 흘린 자국은 더욱 짙푸르게
햇살 끌어모아
초록 물감 진하게 일궈낸 자리

부딪치며 흘러내리는
모성의 진물은
여러 결로 꿋꿋하게
갈 길 헤아리고 있지만

다시 일어난 그대
초록 눈썹처럼 꽃길을 따라
힘차게 뻗어가고 있다

담쟁이

오르고 또 오르는
인생길은 벽이다

봄에는 어린 새순
여름에는 새를 부르는 이파리
가을에도 마음 갈피갈피 펼치다가

이제는
이파리 붉게 물들고
어느새 중년으로 접어든 신호일까

삶도 이와 같으리
오르는 길보다 내려가는 길이 더 어렵다는데
겨울은 겨울대로
다시 또 봄을 준비하는 담쟁이의 삶

들국화

산새 소리 머금은 샛노랑
들꽃으로 풀어내는 입김은
안개만이 아니다

응달에 누워
그 꽃잎 바람에 흔들리는 날
내가 널 부르려는 향기인 듯
네가 날 품으려는 두근거림인 듯

찻물에 밴
또 하나 야릇한
향주머니를 터뜨리고 있다

석류

홀로 묵묵히 견디며 보듬은
그 껍질을 툭 열며

여러 눈빛으로 반짝이는
투명한 알맹이 수없이 쏟아내며
가을까지 이르렀다

내면의 아픔이 다치지 않게
홀로 익은
그 껍질이 열릴 때까지

빛나도록 꽉 채운
싱그러운 알알들을 바라보며
늦가을의 내음을 읽는다

맥문동麥門冬

가을바람에 새초롬 피어
누울 듯 휘어진다

새초미역처럼 매끄럽게 늘어져도
그 사이로 꼿꼿한 흑진주는

울다가 웃다가
누군가에게 밟히기라도 한 듯 갈라져
움푹 파인 이파리 사이로 다시 일어선다

날이 서늘하기 시작하고
검푸른 윤기
기진맥진하며 가라앉는 이파리

사그라질 때까지
꽃샘추위를 물리치고 있다

칸나

시골 기차역 화단에
붉은 칸나 곱게 피어있다

바람에 휘돌리며 흩어지는
무희인 듯 고개 돌리며

오고 가는 행인들에게
화사함을 선물한다

보고도 못 본 듯
알고도 모르는 듯

열차의 소음을 먹으며 자란
저 말없이 우아한 칸나

연꽃

덕진연못 연지교 건너
칠월의 향기 가득한 감탕밭

수면에 닿을 듯 말 듯
풀어놓은 진주알 같은

곤죽 진흙물에
마음 비춘 연꽃 향기가 청아하다

말간 도홍빛 꽃봉오리
피었다 또 지고

노를 저으면
화안하게 비추는 등불 같은

구멍 숭숭 뚫린 연밥 사이
가슴에 깃든 허전함도 채워 넣고 있다

수련

홍수련
건듯 물을 스치며
한 송이 화사한 꽃으로 피었다

백수련
이파리 한가득
눈물로 글썽이는 것을 보며

보랏빛의 소담스러움
신기하고 경이롭고 매혹적이다

찰랑찰랑 물을 딛고 앉은 이파리
시리도록 외로워도 마음만은 따뜻한가

피지 않아도 핀 것처럼
피어도 피지 않은 것처럼

흰색 노랑 분홍 보라 그리고 빨강
시간 따라 바뀌는 색조의 어울림
수련의 자태는 한 편의 시

해바라기

벌판 한가운데의 등대인가
우뚝 서있는 노란 꽃 한 송이

쓸쓸한 바람에 흔들리며
힘을 다해 버티고 있다

그것이 안타까움일 듯
바라보는 마음 또한 애처로워

떠도는 사랑의 바이러스는
날마다 그대를 맴돌고 있는데

그리움은 기다림으로
기다림은 간절함으로

바람보다 더 부드럽게 흔들리며
그대를 향해
햇살인 듯 조용히 실눈을 뜨고 있다

종이금縱而擒 금이종擒而縱

봄볕보다 더 뜨거운 바람이
그 틈 사이로 파고든다
꽃도 바람도 모두
유혹을 향해 부풀고 있지만
바람이 먼저 꽃을 흔들어
종이금縱而擒 금이종擒而縱
저 하늘로 띄워 올리고 있다

꽃이 꽃일 수만 없는 것은
바람의 구슬림과 꼬드김 때문
그 틈 속에서 꽃과 바람이 뒤섞이면서
뜨겁게 서로 익어가는 봄이다

바람개비

바람을 맞으며
스적스적 돌아가는 바람개비 곁에서
여름은 그 기운 따라 풀려 간다

알록달록 구름을 들추는 그대에게
북녘의 바람이 찾아오듯

추억이 묻어 돌고 돌 때마다
간절함 이 안타까운 고통도
잠시 채운彩雲에서 피어나는 황홀함도

파란 하늘 지름길을 반추하며
바람개비는 언제나 말없이 돌아가고 있다

포도가 익으면

뜨거운 여름을 견디며
포도는 무슨 생각을 했을까

뙤약볕에 익어진 포도의 얼굴은
하루하루 달라져 왔는데

팽팽하게 익어갈수록
더 간절해지는 알알의 욕망

양염陽炎도 향기 따라 스치듯
와인 향기를 머금었다

향기에 취하면 와인이 그립고
그 내음에 빠지면 그대가 더 그립다

어둠별

지는 해와 마주 서서
흘러가는 물결의 반짝임을 바라본다

어둠에 이르기 전
바람에 밀려온 저녁 어스름은
내 안의 또 다른 나를 감추려는 장막인가

보이기 전에 보았던 것이든
느끼기 전에 느꼈던 것이든
대낮이건 저녁이건
그 안에 몰래 숨겨 놓았던 이야기처럼

오늘도 어둠별을 찾아가는
더듬이가 저 하늘로 뻗어간다

촛불

그날처럼 성냥을 그어
심지에 불을 붙이면
폭죽이 되어 퍼져가리라

불타는 양초
불꽃의 한가운데

화안한 빛을 발하며
더 밝게 비추려는 게 너의 운명이다

심지는 중심
촛농은 그 나머지

검은 그림자를 지고
자신을 재로 만들며

타버린 심지의
중심을 위로 들어 올려
뜻인 듯 깃발처럼 나부끼고 있다

사과가 필요한 시간

그해 여름은 분주했다
정물화 한 폭에
시나노스위트 사과를 쪼개듯
물감에 적신 빛깔, 털붓이 맑았다

이랑마다 여름 부사로 불리는 당신의 밝은색
있는 그대로 빛을 띄우는 분홍빛
색은 맛보다 먼저이므로

감겨 오는 햇살에
아오리와 부사를 접붙여
상큼함과 달콤함을 거부한 듯
존재감을 잃어가는 것일까

이렇듯 형체를 고치거나 만드는 성형은
거꾸로 매달려 세상을 바라보듯 표정을 바꾸는 일

비뚤어진 성형으로
지금 고민 중인 당신에게 필요한 시간은
원상으로 되돌아오는
사과가 제격이다

오랜 시간의 결을 담은 실존적 고백록

―김혜련의 시 세계

유성호(문학평론가, 한양대학교 교수)

1.

　김혜련 시인의 첫 시집『그때의 시간이 지금도 흘러간다』(천년의시작, 2019)는, 오랜 시간 마음속에 쌓아온 시간의 결을 오롯이 담아놓은 실존적 고백록이다. 시인은 자신에게는 "그동안 시와 함께 걸어왔다는 사실뿐"이고 그래서 "시 쓰기는 내게 절망이고 희망이고 구원"(「시인의 말」)이었다고 말하면서, 시를 통한 삶의 불가피성을 역설한다. 그 안에는 단아함과 정갈함을 핵심 속성으로 하는 미학의 한 극점이 돌올하게 드러나 있는 동시에, 엷은 빛을 뿌리는 사물들의 풍경과 지금은 사라져간 것들에 대한 가없는 애착의 마음이 담겨 있다. 그리고 그 세계는 오랜 시간의 흐름에 따른 그리움의 서정에 의해 부드럽게 감싸여 있다. 그 점에서 김혜련 시학은 전형적인 서정의 원리에 충실한 결실인 셈이다. 그만큼 그녀의 시는 읽는 이들에게 전폭적인 공감과 동참을 부드럽게 요청하는 세계라 할 것이다.

어쨌든 우리는 첫 시집에 담길 법한 존재론적 기원에 대한 탐색, '시'를 사유하고 고백해 가는 과정, 인상적 순간들을 감각적으로 잡아내는 노력 등이 그녀의 첫 시집이 가지는 친연성을 구성하고 있다고 말할 수 있다. 이처럼 김혜련 시인은 시적 대상과의 동일성을 추구하는 전형적인 서정 양식을 우리에게 선보이면서, 가열한 실험 의지를 가지기보다는 안정된 형식 속에 자신의 진솔한 생 체험을 들려주고 있다. 따라서 그녀는 주체와 세계 사이의 균열에 통증을 느끼면서도 결국에는 그것을 치유하며 삶을 완성해 갈 수 있다는 믿음을 가진 고전주의자라 할 것이다. 그녀의 첫 시집은 이러한 세계를 압축해서 보여 주는 미학적 실증으로서, 우리는 이 시집을 통해 생의 완성에 대한 시인의 예술적 집념과 흔연히 만나게 된다. 그래서 이 시집은 오래고 오랜 시간의 흐름에 즉한 심경心境을 담은 마음의 풍경첩이라고 비유해 볼 수도 있을 것이다. 이제 그 세계 안으로 들어가 보도록 하자.

2.

김혜련의 시집에 나타나는 가장 본질적인 음역音域은 '시간'에 관한 사유라고 할 수 있다. 아닌 게 아니라 서정시는 근본적으로 시간에 대한 경험의 형식으로 씌어진다. 그것이 미래를 노래하거나 시간 자체를 초월하는 것이라 하더라도, 그것은 그 자체로 시간에 대한 방법적 가치판단일 수밖에 없기 때문이다. 그만큼 서정시는 시간에 대한 경험과 기억의 재구성이라는 배타적 특성을 지닌다. 그래서 한 편의 시 안에 구현된 시간은 경험적 시간 자체가 아니라 미학적으로 재구성된 작품 내적 시간이 된다. 우리가 '기억'이라고 부르는 것도 마음의 지층에 남아 재구성된 하나의 시간적 흔적이며 표지標識일 뿐이다. 김혜련 시인은 삶의 여러 맥락에서 기억된 이러한 시간의 결을 탐색하고 노래하는 서정성을 정성스레 가꾸어 간다. 다음의 표제작을 먼저 읽어보도록 하자.

힘겹게 돌아서면서 나는
우리의 인연은 여기서 끝이라고 믿었다

우리가 함께 지낸 모든 추억들이
다 난로처럼
따뜻한 것만은 아니었겠지
어쩌면 좋았던 순간보다
더 많은 그늘이
우리를 슬픔과 고통의 구덩이에 함께
파묻어 버렸을지도 몰라
이렇게 시간이 흐르면

나머지 기억들조차 마른 나뭇가지처럼

부려져 사라질지도 모르지

그러나, 그러나

떠나갔다고 사라졌다고

그냥 다 잊히는 것은 아니더라

헤어졌다고 마음속까지

지워져 버리는 것도 아니더라

이제부터 나만의 삶을

살아보겠다는 굳은 결심도

세상의 풍파를 견뎌낼 만큼 강하기도 어려웠지

그때의 시간은 이렇게

지금도 내 안에서 흐르고 있는데

때로는 모질게 휘감아서

나를 비틀거리게 하는데

그래 원망하지는 않겠다

나는 다만 추억 속의

그대를 찾아 헤매이고 있을 뿐

—「그때의 시간이 지금도 흘러간다」 전문

이 짧지 않은 시편은 사랑의 기억 속에 내재한 시간의 흔적을 노래하고 있다. 그 사랑의 인연은 "더 많은 그늘"이나 "슬픔과 고통"으로 점철된 것이었지만, 한편으로는 "난로처럼/ 따뜻한" 순간도 엄연히 부여하고 있었을 것이다. 이제는 시간이 오래도록 흘러 시인이 남긴 기억들마저 마른 나뭇가지처럼 사라져버릴지도 모를 일이다. 하지만 시인은 "그러나, 그러나"라는 반복을 통해 "떠나갔다고 사라졌다고/ 그냥 다 잊히는 것"이 아님을 역설한다. "헤어졌다고 마음속까지/ 지워져 버리는 것"이 아닌 까닭이다. 또한 그것은 "그때의 시간"이 지금도 내면에 흐르고 있기 때문이기도 하고, 여전히 시인이 "다만 추억 속의/ 그대를 찾아 헤매이고" 있기 때문이기도 하다. 이처럼 시인은 그리움의 지속성과 항구성을 바탕으로 하여 "사랑이란/ 눈이 먼 사람에게만 보이는/ 푸르스름하고 흐릿한 기운들"(「이내」)임을 웅변한다. 그럼으로써 이 시편은 이번 시집의 전체 방향을 알려주는 상징적 지남指南으로 다가오는 것이다. 다음은 어떠한가.

우리가
깊고 아득한 강물이었을 때
어느 산천에 더 오래 머물렀으면 좋았을 텐데

유유낙락한 물줄기가 아니라
위로 뻗어 솟구치거나
옆으로 퍼져 흔들렸어도

깊어가는 이 가을 자락에
헛헛한 몸부림으로
사방에 부대끼지 않았을 것을

그냥 저 멀리서 기다리며
우리 강물로 유유히 흐르면 좋았을 것을

조용히 흐르는 물에
그대와 나의 시간을 던져 넣는다

—「강물」 전문

　가령 사랑의 기억은 "깊고 아득한 강물이었을 때"를 비유
로 끌어온다. 비록 "유유낙낙한 물줄기"가 아니었을지라도
그 강물은 깊어가는 가을에 "헛헛한 몸부림으로/ 사방에 부
대끼지 않았을" 사랑을 가능케 해주었을 것이다. 멀리서 기
다리며 "강물로 유유히 흐르면 좋았을" 그 사랑은 "그대와 나
의 시간"을 안고서 지금도 흘러갈 뿐이다. 여기서도 시인은
사랑의 기억이 가지는 깊은 "비밀의 공명共鳴"(「호수」)을 강물
에 빗대어 노래하고 있다. 그 안에 오랜 시간의 결이 흘러가
고 있음은 말할 것도 없을 것이다.
　이처럼 오랜 사랑의 기억을 되살리면서 시간의 흐름을 겪
어가는 존재자의 순간적 자각을 노래하는 김혜련의 작품들
은, 거기서 비롯되는 정서적 반응에 가장 직접적인 실존의
배타적 근거를 두는 세계이다. 이때 그녀가 구성하는 서정적

주체는 세계로부터 직접 초월하려 하지 않고, 오히려 삶의 순간적 파악을 통해 세계에 간접적으로 참여한다. 존재론적 결핍을 기억의 원리에 의해서 참고 견디면서 그것을 존재론적으로 심화해 가는 시인의 역량과 태도는 여기서 단연 빛을 뿌린다. 이는 서정시가 인간 존재를 합리적으로 파악하는 것이 아니라 감각적 현존을 통해 파악하는 양식임을 선명하게 보여 주는 확연한 실례일 것이다. 이처럼 김혜련의 시는 서정시가 끊임없이 우리의 현재적 감각과 인식을 탈환하는 예술임을 확인해 주는 더없는 물증이 되고 있는 셈이다. 그 한가운데 사랑의 기억과 그 기억을 가능케 했던 시간이 아스라하게 흘러가고 있는 것이다.

3.

김혜련의 이번 첫 시집에서 찾아볼 수 있는 또 하나의 진경進境은 그녀가 생활적 실감을 높이고 있는 작품들에서 발견할 수 있다. 사실 대개의 서정시는 자기 기원(origin)에 대한 고백과 동질적 자기 확인 과정을 중심적 창작 동기로 삼는다. 비록 그것이 자신의 존재 바깥을 향해 발언하고 있다고 하더라도, 서정시의 근원적 존재 방식은 궁극적 자기 귀환을 시도하는 데 있을 것이기 때문이다. 따라서 서정시의 밑바닥에는 시인 자신이 오랜 시간 겪은 절실한 경험 가운데 가장 뿌리 깊은 기억의 층이 녹아있게 마련이다. 그러한 삶의 구체

적 실감 속에 그녀가 추구하고 있는 소박한 바람이 잘 드러나
있다. 다음 작품을 한번 들여다보자.

눈 쌓인 길을 바라본다

지금이 만일 그때였다면
발자국 흔적이 있는 쪽이 아니라
아무도 가지 않은
저쪽 길을 선택했을 것이다

발목까지 눈이 덮인 내리막을 걸어오며
나는 생각했었다

누군가가 이렇게 밟아주어야
두 길이 비슷해질 거라고

그러므로
이 길이 진정 그대가 갈 길이었다면
막다른 길 벼랑 위에라도 이처럼
그대의 흔적을 남겨 두었으면 좋지 않았을까
되돌릴 수 없는 것에 대한
후회가 발자국마다 아로새겨진다

—「후회」 전문

시인이 수행해 가는 회상 속에는 "눈 쌓인 길"이 가지런히 펼쳐져 있다. 시인은 만일 그때가 재현된다면 그때 걸어갔던 쪽이 아니라 "아무도 가지 않은/ 저쪽 길"을 택했을 것이라고 말한다. 마치 저 프로스트(R. Frost)의 「가지 않은 길(The road not taken)」을 확연하게 연상케 하는 이 대목은, 시인으로 하여금 "누군가가 이렇게 밟아주어야/ 두 길이 비슷해질 거라고" 생각하게끔 해주고, 마침내 "막다른 길 벼랑 위에라도" 그대의 흔적이 남게 되기를 희원하게끔 해준다. 되돌릴 수 없는 것에 대한 깊은 회한이 발자국마다 아로새겨질 때, 시인은 비로소 자신의 회상 깊은 곳에 자신의 삶의 기원이 놓여 있음을 새삼 발견하게 된 것이다. 마치 "직선으로 잴 수 없는 곡선의 신비"(「곡선의 사랑」)처럼, 그렇게 삶의 머나먼 기원이 눈길 위로 아득하게 펼쳐져간다.

> 가을 해가 지면서, 그 노을 속에
> 단풍도 짙어진다
>
> 노을에 추억을 새기며
> 노을 사이 꽃 보라
> 노을 사이 장독대
> 그 노을 사이 엄마의 모습
> 노을이 내려앉은 바닷가에서
>
> 붉은 단풍잎 하나에 사랑 한 줌

멀리 떠나왔어도 언제나
더 가깝게 느껴지는 건 어린 시절의 기억뿐

이 가을이 가고
나의 노을에도 겨울 흰 눈이 내리면
내 유년幼年도 소복하게 덮여 가리라

—「노을」 전문

　"가을"과 "노을"과 "단풍"은 모두 어떤 정점을 지난 후에 천천히 이울어가는 잔상殘像을 함의한다. 시인은 노을이 내려앉은 바닷가에서 노을 사이에 언뜻 비쳐오는 '꽃보라/장독대/엄마'의 모습을 추억으로 떠올린다. 어머니에 대한 지난 시절이 얽혀 오는 그 순간, 시인은 "붉은 단풍잎 하나에 사랑 한 줌"을 통해, 시간적으로나 공간적으로나 멀리 떠나온 어린 시절이 가깝게 다가옴을 느낀다. 이제 가을이 가고 겨울이 오면 시인이 바라보고 상상하고 탈환하려는 유년의 기억도 시인의 삶을 소복하게 덮을 것이다. 그야말로 명료하고도 섬세한 감각으로 쌓아 올리는 심미적 기억의 풍경이 아닐 수 없다.

　원래 서정시가 근원적으로 원초적 통일성을 복원하고자 하는 것은, 주체와 세계가 분리된 경험으로부터 그것들의 순간적인 통합을 꾀하고자 하는 성격이 그 안에 내재해 있기 때문이다. 이때 우리를 감싼 세계와 그것을 인지하고 받아들이는 주체를 이어주는 감각의 필요성이 대두하는데, 이때 감각이란 주체와 세계가 근원적 연관성을 가지고 있다고 이해하는 방법적 장치이자 과정을 말한다. 말하자면 그것은 상실된 근원적 감각을 복원하는 유력한 통로를 신념이나 경험에서 찾는 것이 아니라, 오랜 시간의 흐름 속에서 비로소 발견하는 어떤 것이다. 그러한 감각은 기억의 재현 작용을 통해서만 시적 현재를 규율할 수 있게 되고, 김혜련 시인은 이러한 시적 현재를 구현하는 데 이번 첫 시집의 무게중심을 할애하고 있는 것이다.

4.

두루 알려져 있듯이, 서정시의 존재 의의는 우리의 기억 속에서 지워지거나 흐릿해진 것들을 재차 환기하는 힘과 깊이 연결된다. 다시 말해 서정시는 미지의 것을 새롭게 생성하기보다는, 지나간 시간 속에 묻힌 오랜 경험 가치들을 새삼 드러내는 기억의 형식으로 나타난다. 그 점에서 한 편의 서정시는 내부로부터 빛을 비추는 일종의 계시이며, 익숙한 것의 생소화生疎化와 생소한 것의 점진적 명료화를 순환적으로 반복하는 시간 예술인 셈이다. 특별히 그 생소화가 창조적 상상력을 매개로 하여 새로운 충격과 감동으로 다가올 때, 우리는 그것을 새로운 시적 경험이라고 할 수 있을 것이다. 그만큼 각별한 시적 경험은 주체의 성찰과 소통의 결과로 생겨나는 것이다. 물론 이러한 성찰과 소통을 가능하게 하는 주인主因은 시인이 가지는 예민한 언어 감각과 사물 인식의 태도에 있을 것이다. 김혜련의 시적 촉수는 넉넉하게 그것을 가능하게 하는데, 특별히 인생론적 깊이를 측정하고 또 수용해 들이는 너른 국량局量에서 그것은 선명하게 입증되어 간다.

재려는 사람의 간절함을
눈금은 냉정한 숫자로 보여 준다

바늘의 흔들림
장마 그치고 마침내 빨간 꽃을 피우듯

저울은 가만히
눈금이 더 잘 보이도록
양팔을 벌린다

무거워지거나
가벼워지거나

균형을 잡아주는 것은 저울의 파란波瀾
추는 흔들리다가 마침내 중심을 잡는다

사람은 저울로 무게를 재지만
저울은 인간의 마음속까지도 측정한다

—「저울」 전문

'저울'이란 물건의 무게를 측정하는 데 쓰이는 기구이다. 물론 시인은 구체적 물상이 아니라 사람의 '마음'을 재는 저울을 비유적으로 노래한다. 그 저울은 "재려는 사람의 간절함"을 "냉정한 숫자"로 치환하는데, 이때 '간절함'과 '냉정함'이 순간적으로 대립한다. 하지만 "바늘의 흔들림"은 장마 그치고 빨간 꽃을 피우는 섬세한 떨림에도 가 닿으려 함으로써, 자연스럽게 간절한 마음 쪽으로 기울어간다. 이때 저울은 "무거워지거나/ 가벼워지거나" 삶의 균형을 잡아주는 마음을 때로는 "파란"처럼 때로는 "중심"처럼 눈금으로 가리켜주게 된다. 그렇게 "저울"은 사람의 마음속까지 재면서, "풀리지 않는/다른 세상"(「큐브」)을 읽어내는 신비롭고 아름다운 인생의 나침반처럼, 인생을 예감하고 성찰하게끔 해주는 역할을 하고 있는 것이다.

원은 끝이 없으므로
영원한 긍정이다

버릴 건 모두 다 버렸다
잊을 건 모두 다 잊었다

해 질 녘 광장에
긴 그림자를 드리우며
가까운 곳도 일부러 돌아가면서
서로를 응시한다

돌고 돌다 구르고 구르다 그러다가
마침내 다시 만날 준비를 하고 있듯이

원은 끝이 없으므로
영원한 긍정이다

—「원과 원」전문

　이번에는 "원圓"이다. 끝없는 순환의 꼴을 하고 있는 "원"
은 당연히 끝이 없으므로 "영원한 긍정"의 상像을 띠고 있다.
시인은 버릴 것 다 버리고 잊을 것 다 잊은 '원'의 형상을 통
해, 돌고 구르다가 마침내 다시 만날 준비가 된 "영원한 긍
정"을 사유하게 된다. 마치 해 질 녘 광장의 긴 그림자를 응
시하는 순간, 저 태양이 다시 순환하여 떠오를 것을 예감하
듯이, 시인은 "원은 끝이 없으므로/ 영원한 긍정"임을 거듭
노래한다. 그 '원'의 형상은 시인으로 하여금 "간절한 눈빛으
로 잡았다가 놓았다가/ 번민하는 순간"(「모자이크」)을 넘어서
게끔 해준 것이다.
　이처럼 김혜련의 시는 시인 스스로 자신의 생을 탐구하고
성찰하는 자기 확인의 속성을 강하게 띤다. 그녀의 시는 그
렇게 자기 인식과 확인의 욕망을 제일의 에너지로 삼고 있고,
시인은 자신의 시를 통해 생을 탐색하고 성찰하는 정서적, 심
미적 과정을 겪어나간다. 김혜련 시편이 가지는 시의 존재론
탐구 성향은, 이러한 인식과 성찰의 과제를 충실하게 수행하
면서, 우리로 하여금 새로운 시의 차원을 상상하고 실천하려

는 의지를 새삼 다짐하게끔 해준다.

5.

결국 김혜련 시인이 표상하는 인생론에는 지난 시간에 대한 짙은 기억과 사랑이 깊숙이 내재해 있다. 사실 기억이란 대상에 대한 사실적 재현의 결과가 아니라 시인의 현재적 욕망에 의해 구성되는 것이라는 점에서 시인의 시적 욕망과 고스란히 닮게 마련이다. 김혜련의 첫 시집은 이러한 욕망들, 지난 시간들을 정성스럽게 호명하면서 기억의 힘을 통해 존재론적 근원을 탐색하려는 의지와 깊이 연관된다. 그래서 우리가 그녀의 시편을 읽는 것은, 그러한 인생론의 진정성을 경험하는 일일 뿐만 아니라, 인간의 근원적 존재 형식에 대한 탐구 작업에 흔연히 참여하는 일도 겸하게 된다. 이번 시집은 그러한 탐구 의지의 첨예한 결실이라 할 것이다. 다음 시편을 읽어보자.

신성리 갈대밭
비단결 금강을 바라본다

이리저리 바람에 부딪히며
흔들리는 물결 따라

바다와 강물이 만나는 어디쯤
흐르지 않을 듯 흐르는 저 소리

바람이 부는 대로 하늘거리며
뚜렷해지는 들녘의 실금 좇아

석양 어스름의 유혹은 애잔한 통증
생의 발자취는 아무것도 남겨놓지 않는다

풀 냄새 넘실거리는
억새밭 오솔길을 걷는 이 오후
—「갈대밭에서」 전문

　"신성리 갈대밭"이라는 구체적 지명에서 "비단결 금강"을
바라보는 시인은, 바람에 따라 흔들리는 물결을 좇으면서 "바
다와 강물이 만나는 어디쯤/ 흐르지 않을 듯 흐르는 저 소리"
를 듣는다. 그 소리는 아마도 시인에게 "모음과 자음이 저절
로 어우러지는 소리"(「금슬」)를 허락했을지도 모른다. 그렇게
시인은 "바람이 부는 대로 하늘거리며/ 뚜렷해지는 들녘의
실금"을 따라 "애잔한 통증"을 동반한 생의 발자취를 상상해
본다. "보고도 못 본 듯/ 알고도 모르는 듯"(「칸나」) 갈대밭을
거닐면서 자신이 살아온 삶의 결을 헤아리는 것이다. "별빛
을 헤아리는 만큼 더 높이 올라가"(「불화덕」)려는 시인의 실존
적 의지가 환하게 읽혀지는 시편이다.

홀로 묵묵히 견디며 보듬은
그 껍질을 툭 열며

여러 눈빛으로 반짝이는
투명한 알맹이 수없이 쏟아내며
가을까지 이르렀다

내면의 아픔이 다치지 않게
홀로 익은
그 껍질이 열릴 때까지

빛나도록 꽉 채운
싱그러운 알알들을 바라보며
늦가을의 내음을 읽는다

—「석류」전문

"석류"는 인생의 무게를 지고 살아온 시인의 마음을 은유하는 맞춤한 형상으로서, "홀로 묵묵히 견디며 보듬은" 오랜 시간의 적층積層을 생각하게끔 해준다. 껍질을 열며 반짝이는 눈빛과 투명한 알맹이로 가을까지 이른 "석류"는 그 자체로 심미적이고 정서적인 상관물인 셈이다. "내면의 아픔"을 담고 "빛나도록 꽉 채운/ 싱그러운 알알들"을 열어주는 "껍질"을 바라보는 시인의 시선이 마치 "네가 날 품으려는 두근거림"(「들국화」)을 고백하는 듯, 늦가을의 소멸의 순간을 수반

하면서 가장 아름다운 삶의 깊이를 부조浮彫하고 있는 것이다. 이처럼 김혜련 시편은 "갈대밭"과 "석류"라는 배경과 대상을 택해서 오랜 시간의 흐름과 축적 그리고 그것이 여전히 자신의 삶을 가능케 하는 인자因子임을 고백하는 과정에서 씌어진다. 전형적인 서정적 고백록으로서의 시집이 이렇게 산뜻하고 알차게 탄생한 것이다.

대체로 한 편의 서정시에는 시인 자신이 직접 겪어온 절실한 경험은 물론, 대상을 향한 한없는 애착과 그리움이 묻어 있게 마련이다. 이를 우리는 서정시의 '동일성同一性' 원리라고 이해하곤 한다. 말하자면 그것은 사물에 시인 자신을 직접 투사投射함으로써 읽는 이들로 하여금 삶을 반성적으로 유추하게 하기도 하고, 새로운 세계에 대한 간접 경험을 풍요롭게 선사하기도 하는 것이다. 따라서 서정시는 쓰는 이와 읽는 이 사이의 경험적 소통을 전제로 한 특수한 담화 양식이 아닐 수 없다.

김혜련 시인은 이번 첫 시집에서 사물에 대한 깊은 관찰과 투사를 통해 삶의 보편적 이법을 천착하는 모습을 보여 주었다. 오랜 시간의 결을 담은 실존적 고백록을 아름답게 남겨 주었고, 세계와 사물로 확장되어 가는 사유와 감각을 민활하게 보여 주었다. 그럼으로써 시라는 경험적 소통의 담화 양식을 스스로의 구체성으로 이루어냈다. 그 안에 담긴 사유와 감각이 단연 아름답고 충일하고 애잔하고 깊다. 이제 시인은 이 첫 시집을 딛고 일어서면서, 더욱 견고하고 아름다운 서정적

언어와 표상으로 한 걸음씩 나아갈 것이다. 이번 시집이 그
러한 성숙과 완성을 예감케 해주는 교두보이자 출발점이다.

천년의시인선